Der letzte Stern

Der letzte Stern
Julius Achenbach

Eine Science-Fiction Novelle

1. Auflage 2025
ISBN: **978-3-8391-7171-4**

Verlag: BoD · Books on Demand GmbH, In de Tarpen 42,
22848 Norderstedt, bod@bod.de
Druck: Libri Plureos GmbH, Friedensallee 273, 22763 Hamburg
Printed in Germany

Bibliografische Information der Deutschen Nationalbibliothek: Die
Deutsche Nationalbibliothek verzeichnet diese Publikation in der
Deutschen Nationalbibliografie; detaillierte bibliografische Daten sind
im Internet über http://dnb.d-nb.de abrufbar

Aller Anfang ist schwer!

Inhaltsverzeichnis

Kapitel 1: Das Observatorium

Das schwache Licht der untergehenden Sonne warf lange Schatten durch die verstaubten Fenster des alten Observatoriums. Dr. Elena Weber stand regungslos vor dem massiven Teleskop, das wie ein schlafender Riese im Zentrum des kreisrunden Raumes ruhte. Ihre müden, eingerosteten Finger strichen sanft über das kühle Metall des Instruments, während ihre Gedanken zu jener Nacht vor dreißig Jahren wanderten, als sie hier zum ersten Mal den Nachthimmel beobachtet hatte.

Der süßliche Geruch von altem Holz und Maschinenöl hing in der Luft, vermischt mit dem charakteristischen metallischen Duft der astronomischen Instrumente. Es war der Geruch ihrer Kindheit, ihrer Jugend, ihres gesamten wissenschaftlichen Lebens. Elena atmete tief ein und schloss für einen Moment die Augen. Die Geräusche des alten Gebäudes – das leise Knarren der Holzdielen, das sanfte Surren der Klimaanlage, das entfernte Ticken der antiken Pendeluhr im Eingangsbereich – waren ihr so vertraut wie ein altes Lieblingslied.

Damals, bei ihrem ersten Besuch, war sie noch eine junge Frau gewesen, gerade einmal sechzehn Jahre alt, mit wilden dunklen Locken und einer übergroßen Brille, die ständig von ihrer Nase rutschte. Ihr Vater, selbst ein leidenschaftlicher Amateurastronom, hatte sie an einem klaren Herbstabend hierhergebracht. Das Observatorium war damals ein geschäftiger Ort voller Wissenschaftler und Studenten, die zwischen den verschiedenen Messgeräten und Computern hin und her eilten. Heute arbeiteten hier wesentlich weniger Menschen.

Professor Heinrich, der alte Direktor, hatte sie unter seine Fittiche genommen. Elena erinnerte sich noch genau an seine buschigen weißen Augenbrauen und die dicken Brillengläser, hinter denen seine Augen wie zwei neugierige Sterne funkelten. Er hatte eine besondere Gabe gehabt, komplizierte astronomische Konzepte so zu erklären, dass selbst ein Kind sie verstehen konnte.

"Siehst du den rötlichen Punkt dort?", hatte er gefragt und das Teleskop ausgerichtet. "Das ist der Stern HD 179821. Er ist etwas Besonderes." Seine Augen hatten dabei geleuchtet, und Elena hatte gespürt, dass dieser Moment ihr Leben verändern würde. "Die meisten Menschen sehen nur einen weiteren Lichtpunkt am Himmel, aber für uns Astronomen ist jeder Stern eine Geschichte, die darauf wartet, erzählt zu werden. Und irgendetwas sagt mir, dass dieser eine hier etwas außergewöhnliches ist."

Elena lächelte bei der Erinnerung. Heinrich hatte Recht behalten – HD 179821 war tatsächlich etwas Besonderes geworden, wenn auch auf eine Weise, die sich damals niemand hätte vorstellen können. Der Stern hatte sie durch ihr gesamtes akademisches Leben begleitet: erst als Gegenstand ihrer Doktorarbeit, dann als Fokus ihrer Forschung, und jetzt... jetzt barg er ein schier atemberaubendes Potential und stellte gleichermaßen eine nicht minder große Gefahr dar.

"Frau Doktor?" Die Stimme ihres Assistenten Thomas riss sie aus ihren Erinnerungen. "Die neuen Berechnungen sind fertig."

Elena drehte sich langsam um. Thomas stand in der Tür, einen Stapel Ausdrucke in den Händen. Sein sonst so entspanntes Gesicht wirkte angespannt, fast besorgt. In den fünf Jahren ihrer Zusammenarbeit hatte sie gelernt, die feinen Nuancen seiner Mimik zu lesen. Thomas war ein ausgezeichneter Wissenschaftler, präzise und methodisch in seiner Arbeit. Wenn etwas ihn beunruhigte, war es in der Regel ernst.

Der junge Mann trat näher, seine Schritte hallten von den hohen Wänden wider. Das Observatorium war ein beeindruckendes Gebäude aus dem späten 19. Jahrhundert, mit einer majestätischen Kuppel und dicken Steinmauern, die im Winter die Kälte und im Sommer die Hitze abhielten. Die meisten modernen Observatorien waren funktionale Zweckbauten, aber dieses hier hatte noch den Charme einer Zeit, als Astronomie noch etwas von Magie hatte.

"Zeig her", sagte Elena leise und streckte die Hand aus. Die Papiere raschelten in der Stille des Raumes, als sie die Seiten durchblätterte. Mit jeder Zeile, die sie las, vertiefte sich die Falte zwischen ihren Augenbrauen. Die Zahlen vor ihr ergaben keinen Sinn – oder vielmehr, sie ergaben einen Sinn, den sie nicht wahrhaben wollte.

Die Spektralanalysen zeigten Anomalien, die sie in zwanzig Jahren Forschung noch nie gesehen hatte. Die Helligkeitsschwankungen folgten keinem bekannten Muster, und die Elementhäufigkeiten in der Sternatmosphäre veränderten sich auf eine Weise, die allen bekannten Modellen der Stellarphysik widersprach.

"Bist du dir sicher?", fragte sie, ohne aufzublicken. Ihre Stimme klang heiser, als hätte sie lange nicht gesprochen.

Thomas nickte. "Ich habe es dreimal überprüft. Verschiedene Analysemethoden, verschiedene Kalibrierungen. Die Daten sind eindeutig." Er trat näher und deutete auf eine bestimmte Stelle in den Berechnungen. "Sehen Sie hier? Die Wasserstoff-Alpha-Linie zeigt eine Verschiebung, die wir bisher nur theoretisch für möglich gehalten haben. Und hier, die Helligkeitskurve – sie folgt keinem bekannten Entwicklungsszenario."

Elena ließ sich schwer auf einen der alten Holzstühle sinken, die Berechnungen noch immer in ihren zitternden Händen. Was sie dort las, war unmöglich. Und doch stimmten die Zahlen, die Gleichungen, die Schlussfolgerungen. Der Stern HD 179821, den sie seit über zwei Jahrzehnten beobachtete, verhielt sich anders als jeder andere bekannte Stern seiner Klasse.

"Wie lange?", fragte sie, ohne aufzublicken. Sie wusste, dass Thomas verstehen würde, was sie meinte.

"Nach unseren Berechnungen? Maximal sechs Monate."

Elena schloss die Augen. Sechs Monate. Ein lächerlich kurzer Zeitraum für einen Stern, der bereits Millionen von Jahren existierte. Es war gewissermaßen seltener als ein Sechser im Lotto, dies mitzuerleben. Und doch würde es das Ende bedeuten – nicht nur für HD 179821, sondern möglicherweise für ihre gesamte Forschungsarbeit. Alles, woran sie geglaubt hatte, alles, wofür sie gekämpft hatte, stand plötzlich auf dem Prüfstand. War seiner finalen Klassenarbeit ausgesetzt.

Die letzten Strahlen der Sonne verschwanden hinter dem Horizont, und die ersten Sterne wurden am klarer werdenden Abendhimmel sichtbar. Durch die Kuppel des Observatoriums konnte Elena den vertrauten Punkt von HD 179821 erkennen, schwach leuchtend wie eh und je. Wer ihn so sah, würde nie vermuten, welche Geheimnisse er barg.

Sie erhob sich abrupt, ihre wissenschaftliche Neugier gewann die Oberhand über ihre Besorgnis. "Wir müssen die Messungen intensivieren. Rund um die Uhr Beobachtungen, alle verfügbaren Spektralbänder. Wenn sich der Stern tatsächlich verändert, dürfen wir keine einzige Entwicklungsphase verpassen. Das ist ein einmaliges Ereignis."

Thomas nickte zustimmend. "Ich werde die automatischen Messsysteme neu kalibrieren. Aber..." Er zögerte kurz. "Sollten wir nicht auch andere Observatorien informieren? Diese Entdeckung ist zu groß, um sie allein zu bewältigen."

Elena schüttelte den Kopf. "Noch nicht. Erst müssen wir absolut sicher sein." Sie trat ans Fenster und blickte hinauf zu dem Stern, der ihr Leben bestimmte. "Wenn wir Recht haben, wird sich die Astronomie grundlegend verändern. Aber wenn wir uns irren..." Sie ließ den Satz unvollendet in der Luft hängen.

Die Nacht brach endgültig herein, und mit ihr erwachte das
Observatorium zu seinem eigentlichen Leben. Das leise Surren
der Motoren erfüllte den Raum, als sich die Kuppel öffnete und
das Teleskop sich ausrichtete. Ein neuer Zyklus von Messungen
begann, während zwei Wissenschaftler in gespannter Erwartung
die Daten beobachteten, die von einem sterbenden Stern
erzählten. Was sie nicht ahnten: Dies war erst der Anfang einer
Entdeckung, die nicht nur die Wissenschaft, sondern auch ihr
eigenes Leben für immer verändern würde.

Kapitel 2: Alte Wunden

Der nächste Morgen begann mit einem schwachen Nieselregen, der die Welt in einen grauen Schleier hüllte. Elena saß in ihrem kleinen Büro im Erdgeschoss des Observatoriums und starrte auf den Bildschirm ihres Computers. Die E-Mail an Professor Schneider war geschrieben, der Cursor blinkte neben dem "Senden"-Button.

Sie hatte die Nachricht bestimmt ein Dutzend Mal überarbeitet, jeden Satz abgewogen, jede Formulierung geprüft. Es war zehn Jahre her, seit sie das letzte Mal mit ihm gesprochen hatte. Ihr letztes Zusammentreffen war auf einer Konferenz in München gewesen, wo sie ihre erste eigenständige Forschungsarbeit über HD 179821 vorgestellt hatte.

Die Erinnerung ließ sie unwillkürlich zusammenzucken. Schneider hatte in der ersten Reihe gesessen, sein charakteristischer grauer Schnurrbart zuckte missbilligend bei jedem ihrer Worte. Nach ihrem Vortrag hatte er sich gemeldet, und mit der ihm eigenen schonungslosen Direktheit ihre gesamte Methodik in Frage gestellt.

"Dr. Weber", hatte er gesagt, seine Stimme schneidend wie ein Skalpell, "Ihre Theorien sind bestenfalls spekulativ, schlimmstenfalls wissenschaftlich unverantwortlich. Sie projizieren Ihre persönliche Faszination für diesen völlig durchschnittlichen Stern auf Daten, die keine ihrer weitreichenden Schlussfolgerungen unterstützen."

Elena schüttelte den Kopf, um die schmerzhafte Erinnerung zu vertreiben. Sie war damals jung gewesen, vielleicht zu enthusiastisch, zu wenig vorsichtig in ihren Formulierungen. Aber ihre Grundthese – dass HD 179821 sich anders verhielt als vergleichbare Sterne seiner Klasse – war korrekt gewesen. Und jetzt hatte sie endlich die Beweise.

Mit einem entschlossenen Klick schickte sie die E-Mail ab. Die Entscheidung war gefallen.

Das leise Summen des Computers wurde vom Knarren der alten Holztreppe übertönt. Thomas erschien in der Tür, zwei dampfende Kaffeebecher in den Händen. "Ich dachte, Sie könnten einen gebrauchen", sagte er und stellte einen der Becher vor ihr ab. Der Duft von frisch gemahlenem Kaffee erfüllte den Raum. Lebenselixier, wie sie es nannte. Ein durchaus treffender Begriff.

"Danke." Elena nahm einen vorsichtigen Schluck. "Ich habe Schneider geschrieben."

Thomas setzte sich ihr gegenüber auf einen der abgenutzten Besucherstühle. "Also holen wir uns Hilfe. Und?"

Elena nickte. "Jetzt heißt es warten." Sie rieb sich müde die Augen. Die letzte Nacht war lang gewesen, gefüllt mit endlosen Berechnungen und Überprüfungen ihrer Daten.

"Was denken Sie, wie er reagieren wird?"

Elena lächelte schwach. "Entweder er ignoriert die E-Mail komplett oder..." Sie zuckte mit den Schultern. "Oder er kommt persönlich her, um mir zu sagen, wie sehr ich mich irre."

"Ist er wirklich so schlimm?"

"Nein." Elena stand auf und trat ans Fenster. Der Regen hatte nachgelassen, einzelne Sonnenstrahlen brachen durch die Wolkendecke. "Er ist brillant, penibel genau und völlig kompromisslos, wenn es um wissenschaftliche Standards geht. Als mein Doktorvater hat er mich mehr gelehrt als jeder andere." Sie pausierte. "Aber er hasst nichts mehr als das, was er 'wissenschaftliche Fantasterei' nennt. Und das macht er auch durchaus mit Worten deutlich."

"Und dazu zählt Ihre Arbeit an HD 179821?"

"Bisher ja." Sie drehte sich zu Thomas um. "Aber diesmal ist es anders. Die Daten sind eindeutig. Wenn er sie sich ansieht..., wenn er wirklich hinsieht..." Sie ließ den Satz unvollendet.

Der Rest des Tages verging mit der minutiösen Dokumentation ihrer Beobachtungen. Elena wusste, dass Schneider, falls er antworten sollte, jedes Detail ihrer Arbeit unter die Lupe nehmen würde. Jede Abweichung, jede ungenaue Messung würde er finden und erbarmungslos kritisieren.

Es war bereits dunkel, als ihr Computer mit dem charakteristischen Ping den Eingang einer neuen E-Mail ankündigte. Elena, die gerade dabei war, die letzten Spektralanalysen zu katalogisieren, erstarrte mitten in der Bewegung.

Der Absender war Schneider.

Mit zitternden Fingern öffnete sie die Nachricht. Sie war kurz, typisch für ihren ehemaligen Mentor:

"Dr. Weber, Ihre Beobachtungen sind... beunruhigend. Ich werde morgen Vormittag eintreffen. Prof. Dr. K. Schneider"

Elena las die wenigen Zeilen immer wieder. 'Beunruhigend' – von Schneider war das praktisch ein Eingeständnis, dass sie etwas Wichtiges entdeckt hatte.

Sie griff nach ihrem Telefon und wählte Thomas' Nummer. Er meldete sich beim ersten Klingeln.

"Er kommt", sagte sie ohne Umschweife.

Eine kurze Pause am anderen Ende. "Wann?"

"Morgen früh."

"Ich bin in zwanzig Minuten da."

Elena legte auf und blickte sich in ihrem chaotischen Büro um. Überall lagen Ausdrucke, Notizen und Berechnungen. Sie

16

mussten alles ordnen, systematisieren, präsentabel machen. Es würde eine lange Nacht werden.

Kapitel 3: Der Professor

Der Morgen graute kalt und klar über dem Observatorium. Elena stand am Fenster ihres Büros und beobachtete, wie ein schwarzer Mercedes langsam die gewundene Zufahrtsstraße hinauffuhr. Professor Schneider war schon immer ein Mann der Pünktlichkeit gewesen – es war exakt neun Uhr.

Die Nacht war kurz gewesen. Sie und Thomas hatten bis in die frühen Morgenstunden gearbeitet, hatten Daten sortiert, Grafiken erstellt und ihre Argumentationskette immer wieder überprüft. Jetzt lagen die Ergebnisse ihrer Arbeit fein säuberlich geordnet auf dem großen Konferenztisch im ersten Stock.

"Er ist da", sagte Elena leise, mehr zu sich selbst als zu Thomas, der gerade mit zwei dampfenden Kaffeebechern hereinkam.

"Sind Sie bereit?"

Sie lachte kurz und humorlos. "Nach zehn Jahren? Vermutlich nicht." Auch wenn sie selbst bereits ein durchaus stolzes Alter erreicht hatte. Manche Menschen schafften es immer, einen in alte Muster zu treiben und Unsicherheiten herauszukramen, die längst als verarbeitet erachtet wurden.

Das Knirschen von Reifen auf Kies verstummte, eine Autotür schlug zu. Elena atmete tief durch und richtete unwillkürlich ihre Bluse. Sie hatte sich für ein konservatives Outfit entschieden – dunkle Hose, weiße Bluse, dezente Halskette. Professor Schneider hatte immer Wert auf professionelles Auftreten gelegt. Da war es, das Muster. Ein Selbstzwang, dem Anspruch eines anderen zu entsprechen. Sie ärgerte sich. Sie hätte demonstrativ ihre violette Jogginghose anziehen sollen, die ihr schon so manche Nacht wesentlich angenehmer gestaltet hatte.

Die schwere Eingangstür des Observatoriums quietschte in ihren Angeln, gefolgt von festen Schritten auf dem Marmorboden der Eingangshalle. Elena und Thomas traten auf den Flur hinaus.

Professor Doktor Karl Schneider hatte sich in den vergangenen zehn Jahren kaum verändert. Noch immer trug er den charakteristischen grauen Schnurrbart, noch immer saß sein Tweed-Jackett perfekt, noch immer strahlte er diese Mischung aus akademischer Würde und unterschwelliger Ungeduld aus. Nur die Falten um seine Augen waren tiefer geworden, und sein einst schwarzes Haar war nun vollständig ergraut.

"Dr. Weber." Seine Stimme war neutral, professionell. "Sie sehen gut aus."

"Professor Schneider. Danke, dass Sie gekommen sind." Elena deutete auf Thomas. "Das ist mein Assistent, Dr. Thomas Berger."

Schneider nickte knapp. "Ihre E-Mail war... beunruhigend. Zeigen Sie mir Ihre Daten."

Keine Zeit für Smalltalk, typisch Schneider. Sie verzichtete darauf, auch ihm einen Kaffee anzubieten. Sie wusste, er würde ablehnen. Jegliche Art von mentaler Beeinflussung durch Substanzen lehnte er strikt ab. Elena führte die kleine Gruppe in den Konferenzraum. Die morgendliche Sonne fiel durch die hohen Fenster und ließ den polierten Holztisch golden schimmern. An den Wänden hingen große Ausdrucke ihrer Spektralanalysen und Helligkeitskurven.

Schneider trat sofort an die erste Grafik heran, die Hände hinter dem Rücken verschränkt. Seine Augen huschten über die Daten, seine Lippen bewegten sich lautlos, als er die Zahlen durchging.

"Die Primärdaten?", fragte er, ohne sich umzudrehen.

Thomas reichte ihm einen dicken Ordner. "Alle Rohdaten der letzten sechs Monate, einschließlich der Kalibrierungsprotokolle und Fehleranalysen."

Schneider nahm den Ordner und setzte sich an den Tisch. Die nächste halbe Stunde verging in absoluter Stille, nur unterbrochen vom gelegentlichen Rascheln der Seiten und dem leisen Ticken der Wanduhr.

Elena beobachtete ihren ehemaligen Mentor genau. Sie kannte seine Mikroexpressionen, die kleinen Zeichen von Überraschung oder Skepsis. Im Poker würde sie ihn auseinandernehmen. Sie schmunzelte. Als er die Seite mit den jüngsten Spektralanalysen erreichte, verengten sich seine Augen kaum merklich.

"Ihre Kalibrierung", sagte er plötzlich und blickte auf. "Sie haben die Standard-Matrix verwendet?"

"Nein", antwortete Elena. "Wir haben ein modifiziertes Verfahren entwickelt. Thomas?"

Der junge Wissenschaftler trat vor und erklärte die technischen Details ihrer Methodik. Elena beobachtete, wie Schneiders Augenbrauen sich zunächst skeptisch hoben, dann aber langsam wieder senkten, als er die Logik hinter ihrer Vorgehensweise erkannte.

„Interessant" murmelte er. "Unkonventionell, aber... interessant." Er blätterte zurück zu den Helligkeitskurven. "Und diese Anomalien – Sie haben Vergleichsmessungen von anderen Sternen derselben Klasse?"

"Natürlich." Elena griff nach einem weiteren Ordner. "Wir haben eine Kontrollgruppe von zwanzig vergleichbaren Sternen. Keiner zeigte auch nur ansatzweise ähnliche Muster über das letzte Jahr."

Schneider nahm den Ordner entgegen, studierte die Daten. Die Minuten dehnten sich wie Stunden. Elena spürte, wie sich die Anspannung in ihrem Nacken zu einem dumpfen Pochen entwickelte.

Schließlich, nach einigen Minuten, die wie eine Ewigkeit erschienen, schloss Schneider den letzten Ordner. Er lehnte sich zurück, seine Finger trommelten einen nachdenklichen Rhythmus auf den Tisch.

"Vor zehn Jahren", begann er langsam, "habe ich Ihre Theorien über HD 179821 als spekulative Fantasterei abgetan." Er machte eine Pause, sein Blick war auf einen Punkt in der Ferne gerichtet. "Ich war der Überzeugung, Sie würden Ihre brillanten analytischen Fähigkeiten an einen völlig gewöhnlichen Stern verschwenden."

Elena hielt den Atem an. Sie kannte diesen Tonfall nicht von ihm.

"Ihre Methodik war damals unausgereift, Ihre Schlussfolgerungen vorschnell." Er fixierte sie mit seinem durchdringenden Blick. "Aber Sie haben nicht aufgegeben. Sie haben weitergearbeitet, verfeinert, verbessert. Und jetzt..." Er deutete auf die ausgebreiteten Daten. "Jetzt haben Sie etwas gefunden, das alle unsere Modelle in Frage stellt."

"Dann... Sie glauben uns?"

Ein schwaches Lächeln erschien unter seinem Schnurrbart. "Die Daten sind überzeugend. Die Methodik ist solide. Die Schlussfolgerungen..." Er schüttelte leicht den Kopf. "Die Schlussfolgerungen sind revolutionär. Wenn Sie Recht haben – und ich betone das ', wenn' – dann schreiben Sie gerade Astronomie Geschichte."

Elena spürte, wie sich ein Knoten in ihrer Brust löste. Sie hatte nicht einmal bemerkt, wie angespannt sie gewesen war.

"Aber", fuhr Schneider fort, und sein Ton wurde wieder schärfer, "wir müssen absolut sicher sein. Keine Spekulationen, keine voreiligen Ankündigungen. Wir brauchen unabhängige Bestätigungen, weitere Messungen, mehr Daten."

"Wir haben nur noch sechs Monate", warf Thomas ein.

"Dann haben wir keine Zeit zu verlieren." Schneider erhob sich. "Dr. Weber, ich schlage vor, wir bilden ein Forschungsteam. Ich habe Kontakte zu mehreren Observatorien, die uns Beobachtungszeit zur Verfügung stellen könnten. Außerdem..." Er zögerte kurz. "Außerdem gibt es da ein neues Instrument am La Silla Observatorium in Chile, das für genau diese Art von Untersuchungen geeignet wäre." Elena starrte ihn ungläubig an. "Sie würden... Sie würden uns helfen?" "Meine liebe Dr. Weber", sagte er mit einem Anflug von Wärme in der Stimme, "ich mag ein sturer alter Mann sein, aber ich bin in erster Linie Wissenschaftler. Und das hier..." Er deutete auf die Daten. "Das hier ist möglicherweise die wichtigste astronomische Entdeckung des Jahrzehnts. Natürlich werde ich helfen." Die Morgensonne hatte inzwischen ihren höchsten Stand erreicht und tauchte den Raum in warmes Licht. Draußen zogen Wolken über den Himmel, aber hier drinnen, in diesem Moment, schien sich eine neue Ära anzukündigen. "Also gut", sagte Schneider und zog sein Telefon hervor. "Lassen Sie uns anfangen. Wir haben einen sterbenden Stern zu untersuchen."

Kapitel 4: Internationale Wellen

Die nächsten Tage vergingen wie im Rausch. Professor Schneider hatte sein Versprechen gehalten und alle Hebel in Bewegung gesetzt. Das kleine Observatorium, das jahrelang in einer Art Dornröschenschlaf gelegen hatte, wurde plötzlich zum Zentrum hektischer Aktivität.

Elena stand in ihrem Büro und beobachtete durch das Fenster, wie der dritte Lieferwagen des Tages vorfuhr. Techniker sprangen heraus und begannen, Kisten mit neuer Ausrüstung auszuladen. Das rhythmische Pochen ihres Herzens erinnerte sie daran, dass dies alles real war.

"Die Kollegen aus Cambridge sind online", rief Thomas vom Konferenzraum herüber. Sie eilte hinüber, wo ein großer Bildschirm die Gesichter von drei britischen Astronomen zeigte. Professor Sarah Williams, eine international renommierte Expertin für Stellarevolution, nickte ihr zu.

"Dr. Weber, Ihre Daten sind... nun, gelinde gesagt, erstaunlich." Williams' britischer Akzent verlieh ihren Worten zusätzliches Gewicht. "Wir haben die ganze Nacht damit verbracht, Ihre Messungen zu analysieren. Die Anomalien sind eindeutig."

"Haben Sie ähnliche Muster bei anderen Sternen beobachtet?", fragte Elena, obwohl sie die Antwort bereits ahnte.

"Niemals. In dreißig Jahren Forschung habe ich nichts Vergleichbares gesehen." Williams lehnte sich näher an die Kamera. "Aber wir haben etwas Interessantes in unseren Archivdaten gefunden. Vor etwa zwei Jahren gab es eine kurze, unerklärliche Schwankung in der Helligkeitskurve von HD 179821. Damals hielten wir es für einen Messfehler."

Elena und Thomas tauschten einen bedeutungsvollen Blick. "Können Sie uns die Daten schicken?"

"Sind bereits unterwegs. Aber Dr. Weber..." Williams zögerte kurz. "Die Nachricht von Ihren Beobachtungen macht bereits die Runde. Das Hubble-Team hat angefragt, ob sie ihre nächste Beobachtungszeit umplanen können. Und das James Webb Teleskop—"

Sie wurde von einer neuen Stimme unterbrochen. Professor Schneider war eingetreten, sein Telefon noch am Ohr. "Das wird nicht nötig sein", sagte er, während er auflegte. "Ich habe gerade mit der ESO gesprochen. Wir bekommen Notfall-Beobachtungszeit am Very Large Telescope in Chile."

Elenas Augen weiteten sich. Das VLT war eines der leistungsfähigsten Teleskope der Welt. Normalerweise musste man Monate, wenn nicht Jahre im Voraus Beobachtungszeit beantragen.

"Karl!", rief Williams vom Bildschirm. "Du alter Fuchs. Wie hast du das geschafft?"

Schneider zuckte die Achseln, aber Elena konnte das zufriedene Glitzern in seinen Augen sehen. "Sagen wir, ich hatte noch einen Gefallen gut. Dr. Weber, können Sie in drei Tagen in Chile sein?"

"Ich... natürlich", stammelte Elena. "Aber was ist mit—"

"Thomas kann hier die Stellung halten", unterbrach Schneider sie. "Williams, Sie koordinieren die europäischen Observatorien?" Die Britin nickte. "Gut. Wir brauchen ein lückenloses Beobachtungsnetz. Dieser Stern darf keine Sekunde aus den Augen gelassen werden."

Elena spürte, wie sich ihr Magen zusammenzog. Die Ereignisse überschlugen sich. Nach Jahren der einsamen Arbeit, der skeptischen Blicke und höflich zurückgewiesenen Forschungsanträge stand sie plötzlich im Zentrum einer internationalen wissenschaftlichen Kampagne.

"Da ist noch etwas", sagte Thomas plötzlich. Er hatte die letzten Minuten schweigend auf seinen Laptop gestarrt. "Die neuesten Spektralanalysen... die Veränderungen beschleunigen sich."

Ein Moment der Stille folgte seinen Worten. Elena trat hinter ihn und starrte auf den Bildschirm. Die Grafiken zeigten eine deutliche Tendenz – was auch immer mit HD 179821 geschah, es geschah schneller als erwartet.

"Wie lange?", fragte Schneider scharf.

"Wenn der Trend sich fortsetzt... vier Monate. Vielleicht weniger."

"Dann haben wir keine Zeit zu verlieren." Schneider wandte sich wieder an den Bildschirm. "Sarah, aktivieren Sie das Netzwerk. Ich will stündliche Berichte von jedem verfügbaren Teleskop zwischen Hawaii und Südafrika. Dr. Weber..." Er drehte sich zu Elena um. "Packen Sie Ihre Sachen. Wir fliegen morgen."

Elena nickte mechanisch, ihr Kopf schwirrte. Sie hatte von diesem Moment geträumt, hatte sich ausgemalt, wie die wissenschaftliche Gemeinschaft endlich die Bedeutung ihrer Arbeit erkennen würde. Aber jetzt, wo es tatsächlich geschah, fühlte es sich unwirklich an.

Als die Videokonferenz beendet war und Schneider den Raum verlassen hatte, stand sie noch immer wie betäubt da. Thomas berührte sanft ihren Arm.

"Alles in Ordnung?"

Sie lächelte schwach. "Es ist nur... all die Jahre habe ich darauf hingearbeitet. Und jetzt..." Sie brach ab, unsicher, wie sie ihre gemischten Gefühle in Worte fassen sollte.

"Jetzt wird aus Ihrer Theorie Wirklichkeit", vollendete Thomas den Satz. "Und die ganze Welt schaut zu."

Elena nickte. Durch das Fenster konnte sie sehen, wie die Techniker weitere Ausrüstung ins Observatorium brachten. Die

Sonne stand hoch am Himmel, und irgendwo dort draußen, unsichtbar im Tageslicht, veränderte sich HD 179821 auf eine Weise, die die Grundlagen der Stellarphysik erschüttern würde. "Was denken Sie?", fragte sie leise. "Haben wir Recht? Ist es wirklich das, was wir vermuten? „Thomas schwieg einen Moment. "Ich denke", sagte er schließlich, "dass wir kurz davorstehen, Geschichte zu schreiben.

Und wenn jemand das verdient hat, dann Sie. Ich muss mich für meine Zweifel entschuldigen. „Sie lächelte dankbar. Dann straffte sie die Schultern. Es gab viel zu tun, und die Zeit lief ihnen davon. In weniger als vierundzwanzig Stunden würde sie auf dem Weg nach Chile sein, zu einem der größten Teleskope der Welt. Der sterbende Stern hatte lange genug gewartet. Jetzt war es an der Zeit, seine Geheimnisse zu enthüllen.

Kapitel 5: Die Nacht der Entdeckung

Die Atacama-Wüste war ein anderer Planet. Elena stand auf der Beobachtungsplattform des Very Large Telescope und blickte über die endlose Weite der Mondlandschaft. Die Luft war dünn hier oben auf 2635 Metern Höhe, und die Kälte der Nacht kroch durch ihre dicke Jacke.

"Beeindruckend, nicht wahr?" Professor Schneider trat neben sie. "Eines der trockensten Gebiete der Erde. Perfekt für astronomische Beobachtungen."

Elena nickte stumm. Vor ihnen erhob sich die massive Kuppel des Teleskops gegen den sternenübersäten Himmel. Das VLT war ein Wunderwerk der Technik – vier Hauptteleskope, jedes mit einem Hauptspiegel von 8,2 Metern Durchmesser, verbunden zu einem der leistungsfähigsten astronomischen Instrumente der Welt.

"Dr. Weber?" Eine junge Wissenschaftlerin eilte auf sie zu. "Die Kalibrierung ist abgeschlossen. Wir können anfangen."

Die nächsten Stunden vergingen wie im Flug. Elena arbeitete mit dem eingespielten Team des Observatoriums zusammen, justierte Instrumente, überprüfte Messungen, analysierte Daten in Echtzeit. Die Präzision und Leistungsfähigkeit des VLT übertraf alles, was sie bisher zur Verfügung hatte.

"Diese Auflösung ist unglaublich", murmelte sie, während sie die ersten Spektralaufnahmen studierte. Die chemische Zusammensetzung von HD 179821 lag vor ihr wie ein offenes Buch.

Plötzlich stockte sie. "Professor? Sehen Sie sich das an."

Schneider beugte sich über den Monitor. Seine Augenbrauen zogen sich zusammen. "Das kann nicht sein."

"Doch, sehen Sie hier." Elena deutete auf eine Reihe von Spektrallinien. "Die Helium-Wasserstoff-Rate... sie verändert sich. Aber nicht so, wie wir es von einem sterbenden Stern erwarten würden."

"Dr. Weber!" Die Stimme der Assistentin überschlug sich fast. "Die Magnetfeldmessungen... sie gehen durch die Decke!"

Die nächsten Minuten waren ein Chaos aus Aktivität. Alarme piepten, Wissenschaftler riefen sich Messwerte zu, Computer arbeiteten auf Hochtouren, um die Flut von Daten zu verarbeiten.

"Rufen Sie Cambridge an", befahl Schneider. "Und das Hubble-Team. Wir brauchen Bestätigung."

Elena starrte wie hypnotisiert auf die Messungen. Was sie sah, widersprach allem, was sie über Sternentwicklung wusste. HD 179821 verhielt sich nicht wie ein sterbender Stern – er schien sich zu... transformieren.

"Die ersten Daten aus Cambridge kommen rein", rief jemand. "Sie bestätigen unsere Messungen."

Professor Schneider stand regungslos vor dem Hauptmonitor. "In dreißig Jahren Astronomie", sagte er leise, "habe ich nichts Vergleichbares gesehen."

Elena spürte, wie ihr Herz raste. Dies war mehr als nur eine Anomalie. Sie beobachteten etwas völlig Neues, etwas, das die Grundlagen der Stellarphysik in Frage stellen würde.

Ihr Telefon vibrierte – eine Nachricht von Thomas: "Unsere Messungen bestätigen es. Was auch immer dort passiert, es beschleunigt sich. Die theoretische Abteilung arbeitet rund um die Uhr an neuen Modellen."

Die Nacht schritt voran, aber niemand dachte ans Schlafen. Wissenschaftler aus der ganzen Welt schalteten sich zu, Daten wurden ausgetauscht, Theorien diskutiert und verworfen. Elena bewegte sich wie in Trance zwischen den Monitoren, überprüfte Berechnungen, koordinierte Messungen.

Gegen drei Uhr morgens trat sie wieder auf die Plattform hinaus. Die Wüstenluft war eisig, aber sie spürte es kaum. Über ihr erstreckte sich der chilenische Nachthimmel in seiner ganzen Pracht. HD 179821 war mit bloßem Auge nicht zu sehen, aber sie wusste genau, wo er sich befand.

"Was versuchst du uns zu sagen?", flüsterte sie in die Nacht.

"Dr. Weber?" Schneider war ihr gefolgt. Er sah müde aus, aber seine Augen glänzten. "Das Team möchte Ihre Einschätzung der Situation."

Sie drehte sich zu ihm um. "Wissen Sie noch, was Sie mir vor zehn Jahren gesagt haben? Dass ich meine Zeit an einen gewöhnlichen Stern verschwende?"

Er lächelte schwach. "Ich habe mich geirrt."

"Nein." Elena schüttelte den Kopf. "Sie hatten Recht. HD 179821 war ein gewöhnlicher Stern. Aber jetzt..." Sie blickte wieder zum Himmel. "Jetzt wird er zu etwas, das wir noch nie gesehen haben."

"Und was glauben Sie, was das ist?"

"Ich weiß es nicht." Sie lächelte. "Aber ich kann es kaum erwarten, es herauszufinden."

Sie gingen zurück ins Innere des Observatoriums, wo die Arbeit weiterging. Die Nacht war noch lang, und sie standen erst am Anfang einer Entdeckung, die die Astronomie für immer verändern würde.

Was sie noch nicht wussten: Dies war erst der Beginn einer Reihe von Ereignissen, die nicht nur ihre wissenschaftlichen Theorien, sondern auch ihr Verständnis vom Leben selbst in Frage stellen würden.

Kapitel 6: Transformation

Die Konferenzräume des VLT-Komplexes waren nie für solch einen Andrang ausgelegt worden. Wissenschaftler aus aller Welt drängten sich um die Bildschirme, auf denen die neuesten Daten von HD 179821 eintrafen. Die Aufregung war mit Händen zu greifen.

Elena stand vor der großen Projektionswand und versuchte, ihre zitternden Hände unter Kontrolle zu bringen. In wenigen Minuten würde sie ihre Erkenntnisse präsentieren – vor den führenden Köpfen der Astronomie.

"Sie schaffen das", flüsterte Thomas durch die Videoverbindung in ihrem Ohrhörer. Er war noch immer in Deutschland und koordinierte die Messungen vom alten Observatorium aus.

Professor Williams aus Cambridge hatte den Vorsitz der eilig einberufenen Konferenz übernommen. "Meine Damen und Herren", ihre klare Stimme brachte die aufgeregten Gespräche zum Verstummen. "Dr. Weber wird uns nun die Ergebnisse der letzten achtundvierzig Stunden präsentieren."

Elena trat ans Podium. Sie spürte Schneiders ermutigenden Blick aus der ersten Reihe. Die Präsentation, die sie gleich halten würde, würde alles verändern.

"Wie Sie alle wissen", begann sie, ihre Stimme fest trotz ihrer inneren Aufregung, "zeigt HD 179821 seit mehreren Monaten ungewöhnliche Veränderungen. Was wir zunächst für einen beschleunigten Alterungsprozess hielten, hat sich als etwas völlig anderes herausgestellt. Ich hatte bereits früher die Vermutungen geäußert, die sich jetzt als belegt herausstellen könnten."

Sie aktivierte die erste Animation. Auf der Wand erschienen die spektroskopischen Daten der letzten Tage.

"Was Sie hier sehen, widerspricht allen bekannten Modellen der Sternentwicklung. Die Kernfusion im Inneren des Sterns verändert sich, aber nicht auf eine Weise, die zum Erlöschen führt. Stattdessen..."

Ein Raunen ging durch den Saal, als die nächsten Diagramme erschienen.

"Stattdessen beobachten wir die Entstehung völlig neuer Fusionsprozesse. Der Stern entwickelt Reaktionsketten, die wir bisher nur theoretisch für möglich hielten."

"Das ist unmöglich", rief jemand aus dem Publikum. "Die Energiebilanz—"

"Ist positiv", unterbrach Schneider von seinem Platz aus. "Wir haben die Berechnungen hundertfach überprüft."

Elena nickte ihm dankbar zu. "Was wir hier sehen, meine Damen und Herren, ist keine Sternenagonie. HD 179821 stirbt nicht – er entwickelt sich weiter. Auf eine Weise, die all unsere Vorstellungen von stellarer Evolution in Frage stellt."

Die nächste Stunde verging wie im Flug. Elena präsentierte Daten, beantwortete Fragen, diskutierte Theorien. Die anfängliche Skepsis im Raum wich langsam einer Mischung aus Erstaunen und Aufregung, als die Beweise sich häuften.

"Die Frage ist", schloss sie ihre Präsentation, "was dies für unser Verständnis von Sternenentwicklung bedeutet. Wenn ein scheinbar gewöhnlicher Stern wie HD 179821 zu solch einer Transformation fähig ist..."

"...dann könnten da draußen Hunderte, vielleicht Tausende ähnlicher Fälle sein", vollendete Professor Williams den Gedanken. "Wir müssen sofort ein Suchprogramm starten."

Die Diskussion wurde lebhafter. Wissenschaftler bildeten spontane Arbeitsgruppen, Teleskopzeit wurde neu verteilt, Forschungspläne entstanden.

Elena trat ans Fenster und blickte hinaus in die Wüstenlandschaft. Die Sonne ging gerade unter und tauchte die kargen Berge in goldenes Licht. Sie spürte eine Hand auf ihrer Schulter.

"Das haben Sie gut gemacht", sagte Schneider leise. "Wissen Sie, was das Beste an wissenschaftlichen Revolutionen ist?"

Sie sah ihn fragend an.

"Sie erinnern uns daran, dass das Universum immer noch Geheimnisse für uns bereithält. Dass wir trotz all unserer Theorien und Modelle immer wieder überrascht werden können."

"Und das Schlimmste?", fragte sie mit einem schwachen Lächeln.

"Dass wir alle unsere Lehrbücher neu schreiben müssen." Er schmunzelte. "Aber das ist wohl ein kleiner Preis für eine solche Entdeckung."

Ihr Telefon vibrierte. Eine Nachricht von Thomas: "Elena, die neuesten Messungen... Sie müssen das sehen. SOFORT."

Sie spürte, wie sich ihr Magen zusammenzog. Was auch immer HD 179821 für sie bereithielt, die Geschichte war noch nicht zu Ende.

"Professor?" Sie hielt ihr Telefon hoch. "Ich glaube, wir haben noch mehr Arbeit vor uns."

Schneider nickte ernst. "Dann lassen Sie uns herausfinden, was Ihr Stern uns noch zu sagen hat."

Sie eilten zurück zu den Monitoren, wo bereits die ersten Daten der Nachtmessungen eintrafen. Die Transformation von HD 179821 hatte gerade erst begonnen, und sie würde Zeugen einer astronomischen Revolution werden, die niemand vorhergesehen hatte.

Kapitel 7: Die große Erkenntnis

Elena rannte förmlich durch die Korridore des VLT-Komplexes, Schneider dicht auf den Fersen. Thomas' Nachricht hatte sie aufgeschreckt: "Der Stern erschafft neue Elemente. Elemente, die es nicht geben dürfte."

Im Kontrollraum herrschte bereits hektische Aktivität. Die Nachtschicht hatte die ersten Anzeichen bemerkt — Spektrallinien, die keinem bekannten Element entsprachen. Zunächst hatten sie einen Messfehler vermutet, aber die Daten waren eindeutig.

"Zeigen Sie es mir", verlangte Elena atemlos.

Die leitende Technikerin, Dr. Maria Rodriguez, rief eine Reihe von Spektrogrammen auf. "Hier", sie deutete auf eine Gruppe ungewöhnlicher Linien. "Diese Signatur passt zu keinem Element im Periodensystem. Zunächst dachten wir an eine unbekannte Isotopenvariante, aber..." Sie schüttelte den Kopf. "Die Atomzahl liegt jenseits aller theoretischen Grenzen."

Schneider beugte sich vor, seine Augen verengten sich. "Das widerspricht der Nukleosynthese-Theorie. Sterne können keine Elemente jenseits der Eisengrenze in relevanten Mengen produzieren. Das ist physikalisch unmöglich."

"Offenbar nicht." Elena studierte die Daten. "HD 179821 hat einen völlig neuen Fusionsprozess entwickelt. Er verbindet nicht nur leichte Elemente zu schwereren — er überwindet die Energiebarriere, die bisher als unüberwindbar galt."

Professor Williams, die sich gerade zugeschaltet hatte, meldete sich zu Wort: "Wenn das stimmt, müssen wir alles überdenken, was wir über die Entstehung der Elemente im Universum zu wissen glaubten. Die Konsequenzen sind..."

"...revolutionär", vollendete Schneider. "Wissen Sie, was das bedeutet? Wenn Sterne unter bestimmten Bedingungen tatsächlich diese Transformation durchlaufen können, dann..."

"...dann haben wir möglicherweise die Quelle für alle schweren Elemente im Universum gefunden", sagte Elena leise. "Nicht Supernovae allein, sondern diese... diese stellare Metamorphose. Und wenn wir den Prozess verstehen, können wir ihn reproduzieren."

Die Bedeutung ihrer Entdeckung traf sie mit voller Wucht. Jahrzehntelang hatte die Wissenschaft gerätselt, wie bestimmte schwere Elemente in solchen Mengen im Universum entstehen konnten. Die bekannten Prozesse in Supernovae reichten als Erklärung nicht aus. Aber wenn es Sterne gab, die sich wie HD 179821 verhielten, ...

"Das erklärt alles", murmelte sie. "Die ungewöhnlichen Elementhäufigkeiten in alten Galaxien, die Verteilung der schweren Elemente, sogar die Entstehung der für das Leben notwendigen komplexen Atome. Nicht nur das. Es bedeutet, dass die Sterne der Ursprung des Lebens sein könnten."

Thomas' Stimme kam über die Videoverbindung: "Die theoretische Abteilung ist in heller Aufregung. Sie sagen, dieser Prozess könnte auch erklären, wie die ersten Sterne sich entwickelt haben. Wir sprechen hier von einem völlig neuen Kapitel in der Geschichte des Universums."

Dr. Rodriguez rief neue Daten auf. "Die Transformation beschleunigt sich. Die Produktion der neuen Elemente nimmt exponentiell zu."

"Aber woher kommt die Energie?", fragte Schneider. "Dieser Prozess müsste eigentlich..."

"Dunkle Energie", unterbrach Elena ihn. Alle starrten sie an. "Denken Sie darüber nach. Wir wissen, dass das Universum von einer Kraft durchdrungen ist, die wir nicht verstehen – der dunklen Energie. Was, wenn bestimmte Sterne unter speziellen Bedingungen lernen, diese Energie anzuzapfen?"

Ein ehrfürchtiges Schweigen breitete sich im Raum aus. Die Implikationen waren atemberaubend. Wenn Elena Recht hatte, beobachteten sie nicht nur die Geburt neuer Elemente, sondern den ersten direkten Beweis für die Interaktion zwischen gewöhnlicher Materie und der mysteriösen Kraft, die das Universum auseinandertreibt.

"Die Mathematik...", begann Schneider.

"Arbeite ich bereits daran", kam es von Thomas. "Die ersten Modelle sehen vielversprechend aus. Wenn wir die Quantenfeldtheorie mit den neuen Beobachtungen kombinieren..."

"Meine Damen und Herren", unterbrach Professor Williams von Cambridge. "Ich schlage vor, wir berufen sofort eine internationale Taskforce ein. Das hier geht weit über Astronomie hinaus. Wir brauchen Teilchenphysiker, Kosmologen, Quantentheoretiker..."

Elena hörte nur noch mit halbem Ohr zu. Ihr Blick war auf den Monitor gerichtet, der HD 179821 in Echtzeit zeigte. Solange man einen Stern in vielen Lichtjahren Entfernung in „Echtzeit" beobachten konnte. Der Stern, den sie so lange beobachtet hatte, war dabei, ihr Verständnis des Universums grundlegend zu verändern.

"All die Jahre", sagte sie leise zu Schneider, "haben wir nach oben geschaut und gedacht, wir verstünden, was wir sehen. Und jetzt..."

"Jetzt zeigt uns ein einzelner Stern, dass wir gerade erst anfangen zu begreifen." Er lächelte. "Das, Dr. Weber, ist wahre Wissenschaft. Nicht die Bestätigung dessen, was wir zu wissen

glauben, sondern die Entdeckung dessen, was wir nicht einmal
zu träumen wagten."

Die Sonne ging über der Atacama-Wüste auf, aber im
Kontrollraum des VLT begann eine neue Ära der Wissenschaft.
HD 179821 hatte ihnen nicht nur ein neues Phänomen gezeigt –
er hatte ein Fenster zu den fundamentalsten Geheimnissen des
Universums geöffnet.

Kapitel 8: Metamorphose

Die zwei Wochen nach der bahnbrechenden Entdeckung vergingen wie im Rausch. Das VLT war zum Zentrum einer wissenschaftlichen Revolution geworden. Physiker, Chemiker und Astronomen aus aller Welt arbeiteten rund um die Uhr, analysierten Daten, entwickelten Theorien und stritten über die Implikationen ihrer Erkenntnisse.

Elena stand an ihrem gewohnten Platz am Fenster des Kontrollraums und nippte an ihrem inzwischen kalt gewordenen Kaffee. Die Wüstenlandschaft draußen hatte sich nicht verändert, aber ihr Blick auf das Universum war ein völlig anderer geworden.

"Die ersten Papers sind online", verkündete Thomas über die Videoverbindung. "Die wissenschaftliche Gemeinschaft dreht durch. Drei verschiedene Teams haben bereits Theorien entwickelt, wie der Prozess auf andere Sterne übertragen werden könnte."

"Zu früh", murmelte Schneider, der über einem Stapel Ausdrucke brütete. "Wir verstehen den Mechanismus selbst noch nicht vollständig."

"Aber wir kommen voran", sagte Elena. Sie deutete auf die neuesten Messungen. "Die Quantenfeld-Berechnungen zeigen eindeutig die Verbindung zur dunklen Energie. HD 179821 hat irgendwie gelernt, sie als Katalysator für die Elementsynthese zu nutzen, damit sinkt der Energiebedarf für die Umbauprozesse auf ein unbedeutsames Level."

Professor Williams, die wie so oft zugeschaltet war, mischte sich ein: "Das Faszinierende ist, dass der Prozess stabil ist. Nach allen bekannten Theorien müsste der Stern längst kollabiert sein."

"Vielleicht", Elena zögerte kurz, "vielleicht ist das der natürliche nächste Schritt in der Sternentwicklung. Nicht das Ende, sondern eine Transformation."

Ein plötzlicher Alarm unterbrach das Gespräch. Dr. Rodriguez' Finger flogen über die Tastatur. "Die Energiewerte steigen exponentiell. Etwas passiert!"

Alle Augen richteten sich auf die Hauptmonitore. Die Messwerte von HD 179821 schossen in die Höhe, erreichten Werte, die die Instrumente an ihre Grenzen brachten.

"Thomas!", rief Elena. "Bestätigung von Deutschland?"

"Kommt sofort... ja! Dieselben Werte. Was immer passiert, es ist real."

Die nächsten Stunden waren die intensivsten in Elenas wissenschaftlicher Karriere. Vor ihren Augen – und denen der gesamten astronomischen Gemeinschaft – durchlief HD 179821 seine finale Transformation.

"Die Fusion der neuen Elemente hat einen kritischen Punkt erreicht", berichtete Dr. Rodriguez. "Die Quantenfeld-Messungen... ich habe noch nie solche Werte gesehen."

Schneider trat neben Elena. "Es ist soweit, nicht wahr?"

Sie nickte stumm. Nach all den Jahren der Beobachtung, der Theorien und Spekulationen würden sie endlich erfahren, wohin diese stellare Metamorphose führte.

"Alle Observatorien bereit?", fragte Professor Williams über die Verbindung. "Dies ist ein historischer Moment. Wir müssen jede Sekunde dokumentieren."

Die Spannung im Kontrollraum war mit Händen zu greifen. Wissenschaftler aus drei Kontinenten beobachteten über ihre Bildschirme, wie HD 179821 sich veränderte.

"Die Struktur des Sterns...", Elena stockte. "Sie reorganisiert sich auf Quantenebene. Die neuen Elemente bilden Muster, die..." Sie schüttelte ungläubig den Kopf. "Die intelligent erscheinen."

"Nicht nur das", warf Thomas ein. "Die Energiesignaturen... sie ähneln denen, die wir von der dunklen Energie kennen, aber sie sind geordnet, fast wie..."

"...wie ein Übergang", vollendete Schneider den Satz. "Von einem Zustand der Materie in einen anderen."

Die Monitore füllten sich mit Daten. Jedes Instrument, jedes Teleskop auf der Erde und im Orbit zeichnete auf, wie ein gewöhnlicher Stern sich in etwas verwandelte, das die Grundgesetze der Physik neu schrieb.

"Elena", Thomas' Stimme klang ehrfürchtig, "die theoretische Abteilung sagt... sie sagen, wir beobachten möglicherweise die Entstehung einer neuen Form von Materie. Eine, die die Grenze zwischen normaler Materie und dunkler Energie überbrückt."

Der Höhepunkt kam schnell und war doch anders als alles, was man hätt erwarten müssen bei einem sterbenden Stern. Keine Explosion, keine Katastrophe. Stattdessen schien HD 179821 heller als je zuvor zu leuchten.

Die Beobachtungen zogen sich über Wochen hinweg. Viel schneller als bei einem kosmischen Ereignis erwartbar, aber für Elenas Empfinden immer noch viel zu langsam. Ihre Ungeduld wurde lediglich von ihrem Eifer übertroffen. Als es vorbei war, schwebte an der Stelle des Sterns etwas, das die Wissenschaftler noch jahrzehntelang beschäftigen würde. Eine neue Form der Existenz, weder Stern noch dunkle Energie, sondern etwas dazwischen.

"Wir werden Jahre brauchen, um zu verstehen, was wir hier gesehen haben", sagte Schneider leise.

Elena lächelte. "Ist das nicht wunderbar? Nach all den Jahren der Forschung, nach all unseren Theorien und Modellen... zeigt uns

das Universum, dass es immer noch Wunder für uns bereithält."
Sie drehte sich zu ihrem Team um. In den Gesichtern ihrer
Kollegen sah sie dieselbe Mischung aus Ehrfurcht und
wissenschaftlicher Neugier, die auch sie empfand.
"Und das", sagte sie, "ist erst der Anfang. Irgendwo da draußen
bereiten sich andere Sterne auf dieselbe Reise vor. Wir müssen
sie nur finden. Und den Prozess weiter erforschen." Die Sonne
ging über der Atacama-Wüste auf, ein neuer Tag in einer Welt,
die sich für immer verändert hatte. Die Wissenschaft hatte nicht
nur eine neue Entdeckung gemacht – sie hatte ein neues Fenster
zum Verständnis des Universums geöffnet.
Und Elena Weber, die Astronomin, die einst für ihre Theorien
belächelt wurde.

Kapitel 9: Neue Horizonte

Vier Jahre nach der Transformation von HD 179821 saß Elena in ihrem Büro im alten Observatorium und starrte auf die E-Mail vor ihr. Die Nachricht kam von einem der führenden Militärforschungszentren der Welt – es war bereits die dritte dieser Art in dieser Woche.

"Sie werden nicht aufhören, oder?", fragte Thomas, der im Türrahmen lehnte. Er sah müde aus, die letzten Jahre hatten sie alle an ihre Grenzen gebracht.

"Nein", antwortete Elena leise. "Sie haben die Möglichkeiten erkannt..."

Sie musste den Satz nicht beenden. Die Entdeckung des neuen Fusionsprozesses, die Möglichkeit, dunkle Energie zu manipulieren – in den falschen Händen könnte dieses Wissen verheerend sein. Noch war die Menschheit nicht in der Lage, dieses Wissen auch in der Praxis anzuwenden, doch sie wusste, dass eines fernen Tages jemand dazu fähig sein würde. Auch die Atombombe hatte man lange Zeit für ein unerreichbares Konstrukt gehalten. Sie wollte sicher nicht, dass ihre Erkenntnisse, die so viel bedeuteten, so viele Möglichkeiten beinhalteten, als Zerstörer der Welten in die Geschichte eingingen.

Professor Schneider trat ein, sein Gesicht ernst. "Die internationale Kommission tagt nächste Woche. Sie wollen über Restriktionen für die Forschung abstimmen."

Elena nickte. Seit sie verstanden hatten, wie HD 179821 die Transformation eingeleitet hatte, war ein Wettlauf entstanden. Wissenschaftler auf der ganzen Welt versuchten, den Prozess zu reproduzieren – natürlich ohne Erfolg.

"Die theoretischen Berechnungen sind eindeutig", sagte Thomas und setzte sich. "Wenn man den Prozess kontrollieren könnte, wäre die freiwerdende Energie..." Er schüttelte den Kopf. "Eine einzige Versuchsanlage könnte ganze Kontinente auslöschen."

"Oder die Energiekrise der Menschheit lösen", konterte Elena im Versuch, die Natur der Menschheit grundlegend zu negieren. "Saubere, unendliche Energie. Neue Materialien mit Eigenschaften, von denen wir nur träumen konnten. Die Möglichkeit, andere Sterne zu finden, die denselben Weg gehen. Es ist die Fusionsenergie, die wir nie geschafft haben zu kultivieren. Nur stärker, effizienter. Besser!"

Durch das Fenster konnte sie den Nachthimmel sehen. Irgendwo da draußen schwebte das, was einmal HD 179821 gewesen war – nun eine mysteriöse Struktur aus Materie und Energie, die ihre Geheimnisse noch nicht vollständig preisgegeben hatte.

"Wissen Sie, was mich nachts wachhält?", fragte Schneider plötzlich. "Der Gedanke, dass dies vielleicht kein Zufall war. Dass dieser Stern uns nicht zufällig diese Möglichkeiten gezeigt hat."

Elena drehte sich zu ihm um. "Was meinen Sie?"

"Die Muster in den neuen Elementen", er trat ans Fenster. "Die geordneten Strukturen, die wir beobachtet haben. Was, wenn das eine Art... Test war?"

Ein unbehagliches Schweigen breitete sich im Raum aus. Sie alle hatten ähnliche Gedanken gehabt, aber niemand hatte sie bisher laut ausgesprochen.

"Die Signale, die wir letzte Woche aufgefangen haben", sagte Thomas zögernd. "Von der Position, wo HD 179821 war... die Analysen sind noch nicht abgeschlossen, aber..."

"Sie werden stärker", vollendete Elena den Satz. "Und sie sind definitiv nicht zufällig."

Ihr Computer piepte – eine neue Nachricht. Diesmal von Professor Williams aus Cambridge: "Dringend. Zwei weitere Sterne zeigen ähnliche Anzeichen wie HD 179821. Die Transformation hat begonnen."

Elena las die Nachricht laut vor. Die Implikationen waren erschreckend. So schnell hätte man statistisch keine ähnlichen Fälle finden können. Wenn es bei zwei Sternen aufgefallen war, bedeutete dies zwangsläufig, dass die Dunkelziffer viel größer war. Die Menschheit kannte nur einen Bruchteil des Universums und konnte von dem bekannten Bereich ebenfalls lediglich ein unbedeutendes Fragment gleichzeitig überwachen. War dies der Beginn einer kosmischen Kettenreaktion? Und wenn ja – war es eine natürliche Entwicklung oder etwas, das jemand oder etwas in Gang gesetzt hatte?

"Die Frage ist nicht mehr, ob wir diese Kraft nutzen können", sagte Schneider langsam. "Die Frage ist, ob wir es sollten. Und ob wir überhaupt eine Wahl haben."

Elena blickte wieder zum Nachthimmel. Die Sterne schienen plötzlich anders auszusehen – nicht mehr nur als leuchtende Punkte, sondern als potenzielle Zeitbomben. Oder als Tore zu einer Zukunft, die sie nicht einmal erahnen konnten.

"Wir stehen an einer Schwelle", sagte sie schließlich. "Was wir mit diesem Wissen machen, wird nicht nur die Wissenschaft verändern, sondern die Menschheit selbst. Die Frage ist nur..."

Sie brach ab, als ein weiterer Alarm von den Beobachtungssystemen ertönte. Neue Daten liefen ein, neue Signale, neue Rätsel.

Die Nacht war noch lang, und irgendwo da draußen warteten die Sterne darauf, dass die Menschheit ihre nächste Entscheidung traf.